Loi numéro 49 956 du 16 juillet 1949 sur les publications
destinées à la jeunesse : mars 2003
Dépôt légal : mars 2005
Imprimé en France par Mame Imprimeur à Tours

Olga Lecaye

Mimi l'oreille

Texte de Grégoire Solotareff

l'école des loisirs
11, rue de Sèvres, Paris 6e

IL Y AVAIT UNE FOIS un lapin qui n'avait qu'une oreille. Il était né avec deux yeux, un nez, une bouche et une oreille, ce qui ne le rendait pas si différent des autres lapins, mais vers l'âge de sept ans il voulut être comme tout le monde, c'est-à-dire avoir lui aussi deux oreilles. « Pour être plus beau », disait-il.

Et puis, ajoutait-il, avec deux oreilles, il entendrait enfin tout ce qu'on dit à droite et à gauche et il comprendrait enfin comment marche le monde.

Il en parla à ses parents qui lui dirent :
« Mimi, nous t'aimons comme tu es et nous ne pensons pas que c'est le nombre d'oreilles qui fait comprendre comment marche le monde. »
« Mais si ! » insista Mimi. « Personne n'a qu'une seule oreille ! Vous-mêmes, vous avez bien deux oreilles chacun ! Ne me dites pas que vous ne comprenez pas comment marche le monde ! »
« Bon ! » dirent ses parents. « Si tu as tellement envie d'avoir une deuxième oreille, il faut aller voir le docteur Moïse, tu sais, celui qui n'a qu'un œil. »

ELLES
LE MONDE du TERRIER

Le docteur Moïse dit à Mimi : «Je ne vois pas pourquoi tu as besoin de deux oreilles ! En tournant la tête rapidement, tu peux très bien entendre tout ce que tu veux. Tu ne devrais pas te plaindre, la vie est bien plus difficile pour moi qui n'ai qu'un œil. Et puis… je ne pense pas qu'une oreille en moins empêche de comprendre comment marche le monde, si tu veux mon avis.»
Mimi répondit : « Mon œil ! Oh pardon ! Je voudrais bien vous voir, vous, avec une seule oreille ! Un œil encore, ça va, vous pouvez le remplacer par un œil de verre. Est-ce que ce ne serait pas plus simple de me recoudre une oreille sans perdre plus de temps en bavardages inutiles ? »
« Bon ! » dit le docteur Moïse, convaincu par tant de volonté de la part d'un si petit lapin. «J'accepte de faire cette opération à condition que tu trouves toi-même une oreille à recoudre, car je n'en ai pas. Mais je te préviens, la recherche d'une oreille convenable peut prendre plusieurs mois et peut-être même plusieurs années ! »
En fait, le docteur Moïse était persuadé que Mimi ne trouverait jamais d'oreille et il lui fit cette réponse pour s'en débarrasser car il avait beaucoup de travail.

Docteur Moise
TAUPE
ANE

Mimi alla prévenir ses parents qu'il partait à la recherche d'une oreille. Il fit son baluchon et leur dit au revoir.
« Fais bien attention à toi… » dit sa maman. « Et reviens vite, avec ou sans oreille. N'oublie pas que nous t'aimons tel que tu es ! »
« Au revoir, et pense un peu à nous ! » ajouta son papa. « Envoie-nous de tes nouvelles ! »
Ses parents étaient un peu inquiets pour lui, et en même temps, ils étaient fiers de leur petit Mimi qui savait à ce point ce qu'il voulait.

Mimi alla voir son amie Julie Lapie pour lui annoncer son départ.
Julie n'avait qu'une patte mais elle avait deux ailes et elle se débrouillait très bien dans la vie.
« Tu vas chercher une oreille ? » fit Julie. « Quelle idée ! Je te trouve très bien comme ça ! »
« Merci, mais je veux tout comprendre, tout, tout, tout », dit Mimi. « Tu comprends ? »
« Je comprends », dit Julie.
« Tu vois », dit Mimi. « Je n'ai presque rien dit et tu m'as compris. C'est parce que tu as deux oreilles, toi. »

Sur le conseil de Julie, Mimi se rendit chez Archibald.
Archibald était le vieil âne du pays. Tout le monde le connaissait et Mimi l'aimait bien.
Archibald était un âne, certes, mais c'était un sage aussi.
Je ne vais pas lui demander une de ses oreilles, pensa Mimi. C'est plutôt pour un conseil que je vais le voir... Il est vrai qu'une oreille d'âne ressemble assez à une oreille de lapin... Après tout, s'il veut se débarrasser d'une oreille, il est libre, il est grand !

Peut-être même un peu trop grand ! se dit Mimi quand il vit Archibald. Ses oreilles sont immenses !
« Voilà », dit Mimi. « J'ai un ami, un lapin, qui a un gros problème. Il a besoin d'une oreille. Il ne m'a pas dit pourquoi. Vous ne sauriez pas où je pourrais en trouver une, par hasard ? »
« Te te-te fati-tigue pa-pas », dit Archibald. « J'ai com-comp-comp… pris ! »
Et il se mit à rire à gorge déployée.
Encore un qui a compris avant que je lui explique ! se dit Mimi. C'est bien la preuve de ce que je disais. Il faut bien deux oreilles dans la vie.
« Va voi-voir Jo-Jo le ren… nanard », reprit l'âne. « C'est un fi… loulou un co-coq… quin, une vérit… ta-table crap… pupule mais il aura peut-être… une solulu… une solution à ton pro… blèblème. »

Un renard ! se dit Mimi. Je les connais, les renards. Ils sont malins ! Il faudra être plus malin que lui.
Il se rendit chez Jo qui avait peut-être une solulu à son blèblème.
« Bonjour », dit Mimi. « Il paraît que vous connaîtriez quelqu'un… qui voudrait bien me vendre une de ses oreilles ? J'ai besoin d'une oreille. D'une oreille de lapin. Si possible. »
Le renard comprit immédiatement de quoi il s'agissait.
Il se demanda comment il pourrait gagner quelque chose dans cette histoire et dit à Mimi :
« Si je te trouve une oreille, que me donnes-tu en échange ? »
« Eh bien… » fit Mimi tout en réfléchissant. « En échange ?… Un rôti. Est-ce qu'un beau rôti vous conviendrait ? »

Mimi n'avait pas du tout l'intention de donner un rôti au renard, il ne voyait pas pourquoi il lui devrait quoi que ce soit pour un simple renseignement. Et puis, comment trouverait-il un rôti ? Et enfin : un rôti de quoi ? De bœuf ? Ou alors fallait-il rôtir une de ses amies poules pour payer ce filou de renard ? Jamais de la vie !
« Un rôti ! C'est exactement mon prix », dit le renard. « Marché conclu. »
Et ils se serrèrent la main.
« Eh bien », dit Mimi, « qui dois-je aller voir pour qu'il me vende son oreille ? »
« Personne, personne ! » répondit le renard. « J'ai ce qu'il te faut. Tu es à la bonne adresse. Je reviens tout de suite, ne bouge surtout pas. »

Le renard, jamais à court d'idées, fila dans son terrier. Là, il découpa un bout de sa vieille couverture de feutre gris.
Je vais avoir un beau rôti pour un misérable morceau de tissu… se dit-il en se léchant les babines. Héhéhé ! Voilà ce que j'appelle une bonne affaire ! Une excellente affaire. Quel idiot, ce lapin !
Pendant ce temps, Mimi se demandait comment il allait faire pour ne pas donner de rôti au renard. Quand il vit le morceau de tissu, il s'écria, en prenant l'air dégoûté : « Ça ? Une oreille ? Mais tu te fiches de moi, ma parole ! »
Il tourna les talons en empochant le bout de tissu, et il partit en se retenant de rire. En fait, il trouvait que ça ressemblait beaucoup à une oreille de lapin et il se disait qu'il avait vraiment joué un bon tour au renard.
Le renard, qui ne s'attendait pas à autant d'assurance de la part d'un petit lapin, resta muet.

De retour chez le docteur Moïse, Mimi lui tendit le morceau de tissu et dit : « Voilà ! Pouvez-vous me recoudre ça à la place de l'oreille, s'il vous plaît ? Je sais que ce n'est pas une vraie oreille mais ça me va très bien. »
« Impossible ! » dit le docteur. « C'est un vieux bout de tissu ! Il faut aller chez une couturière pour ce genre de choses, pas chez un docteur. Au revoir, jeune homme ! »

Mimi était contrarié.
Irait-il voir une couturière, comme le lui conseillait le docteur Moïse qui, décidément, ne voulait rien faire pour l'aider, ou bien se lancerait-il à la recherche d'une *vraie* oreille de lapin ?
Sur le chemin du retour il croisa justement Élise, une souris assez adroite et toujours prête à rendre service.
« Peux-tu me coudre cette oreille – enfin, ce bout de tissu à la place de mon oreille ? » demanda Mimi.

« Tu me demandes de te coudre ce vieux bout de feutre sur la tête, à la place de ton oreille manquante ? Mais ça ne va pas mon pauvre ami ! Je n'ai pas envie de t'enfoncer une aiguille dans le crâne et d'y faire quinze trous ! Je veux bien faire de la couture, mais pas sur ta tête ! »

Mimi n'y avait tout simplement pas pensé !
Pour coudre une oreille, même fausse, il fallait faire des trous dans sa tête, avec une aiguille.
Personne ne le lui avait dit et il s'aperçut qu'il n'en avait pas du tout envie.

Il décida donc de rester comme il était.
Il voulut même qu'on l'appelât Mimi l'oreille, ce qui faisait bien rire les filles.
Il continua à ne pas comprendre comment marchait le monde, comme chacun de nous, et il comprit enfin que ça n'avait rien à voir avec le nombre d'oreilles que l'on a.